孙子兵法

——第二十四册

上海人民美术出版社
浙江人民美术出版社

U0164191

目 录

王翦攻锐勿变失大将

编文：庄宏安　庄荣荣

绘画：赵文玉　赵　旭

原　文　无邀正正之旗，勿击堂堂之陈，此治变者也。

译　文　不要去拦击旗帜整齐部署周密的敌人，不要去攻击阵容堂皇实力强大的敌人，这是掌握机动变化的方法。

1. 北宋雍熙三年（公元986年），宋太宗决定第二次伐辽，分东、中、西三路兵马进攻幽州。二月，任命潘美为灵、应、朔等州都部署，杨业为副，王侁（shēn）为监军，率西路军出雁门（今山西代县北）向云州进军，然后东下会攻幽州。

2. 杨业原是北汉名将，北汉主刘继元降宋后，他也随之归宋，宋太宗任他为代州知州兼三交驻泊兵马部署。杨业在雁门关一役中，以数千兵马，打败十万辽军，杀主将萧咄李，因而威震雁北。

3. 潘美、杨业领兵出雁门关后，三月初九在寰州击败辽军。十三日、十九日，朔州、应州的辽军守将先后投降。四月十三日，宋军又攻克云州。

4. 但东路曹彬所率的主力十万兵马，却违背了宋太宗规定的"持重缓行"的战略意图，进展过速，遭辽军几次袭击，溃不成军，残部退守高阳。潘美、杨业的西路军奉命退驻代州，以阻止辽军南下。

5. 七月，辽诸路兵马都统耶律斜轸率十万大军抵达安定（今河北蔚县北）西。雄州知州贺令图自恃骁勇，领兵出战。一经交锋，大败，南逃至蔚州。

6. 于是，辽军乘胜向西进攻寰州，宋太宗命潘美、杨业率兵护送寰、朔、云、应四州民众南迁。潘美召诸将商议该如何护民南迁，杨业说："辽兵势大，不可与他们正面作战。"

7. 王侁反对道："我军有数万人马，岂能畏怯如此！应当领兵至雁门北川中，大张旗鼓地前进。"杨业劝阻说："不可，这样出兵，必败无疑。"

8. 王侁含讥带讽道:"将军素有'无敌'之称,今面对强敌,竟犹豫不前,莫非怀有别的意图?"坚持要杨业出兵雁门,收复寰州。

9. 杨业愤然道："皇天在上，我杨业虽是降将，归顺大宋后，拜受皇恩，哪敢怀有异心？"王侁道："那么君侯遇敌不肯直前，乃是惧怕一死了？"

10. 杨业又道："我岂是惜死之人，大凡领兵打仗，应知用兵须避锐治变。这样贸然出兵，只会白白增加将士伤亡。君既责我不肯死，我愿替诸公当先锋！"说罢，愤然离帐，去召集自己的部队。

11. 临行，杨业流着泪对潘美说："此行肯定不利。但我得声明，我杨业所以建议暂不与辽作战，绝非放纵敌人，实为等待时机，杀敌立功。"

12. 杨业要潘美、王侁在陈家谷口（今山西朔县南）布置步兵和弓箭手，说："你们可在此处援助我。我转战到这里，请你们夹击辽兵，不然，我这支兵便可能被完全消灭！"

13. 杨业说罢，带着他的军队出石跌路而去。潘美、王侁便布阵于陈家谷口，等待杨业军战斗消息。

14. 辽将耶律斜轸闻报杨业领兵前来，派副将萧挞览伏兵路边。杨业军到，耶律斜轸已摆好阵势。杨业指挥部下，向前攻击。

15. 耶律斜轸战了一阵，佯装败退。杨业猛追紧赶，忽听一声炮响，大路两侧，伏兵四起，耶律斜轸重又回马杀来，把杨业团团围住。

16. 杨业兵少将寡，哪挡得住他十万大军合围，便命儿子杨延昭、杨延玉两人断后，自己奋勇当先，杀开一条血路，引兵退至狼牙村（今山西朔县西南）。

17. 杨业走后，王侁驻兵在陈家谷口，许久不得杨业消息，派人登托逻台瞭望，没看见什么，以为辽兵已败走，为争功劳，竟自领兵离开陈家谷去战辽兵。

18. 潘美制止不及，便率军沿灰河（自南至北流经陈家谷口和狼牙村）西南，走了约二十里地，听到杨业兵败的消息，连忙联络王侁，一同退走。

19. 杨业且战且行，来到陈家谷口，望见山上空无一人，不禁抚胸大哭，对杨延昭、杨延玉道："我被王侁逼迫，一败至此，而今既不能求胜，也不想求生了，就拼它个战死沙场，马革裹尸吧！"

20. 杨延玉道："父帅，你可叫哥哥去寻觅潘美请援，倘得救兵，或可望转败为胜。纵不然，留得哥哥在，他日面见皇上，还可痛陈今日战败实情，不致死后还被奸人横加罪名！"

21. 杨业即命杨延昭速去见潘美求援。杨延昭回头喊声"父帅保重！兄弟保重！"便领一支兵马远去。

22. 此时辽兵潮水般涌到。杨延玉挺枪当先，与辽将厮杀，身上受伤数处，热血流洒，死于阵上。

23. 杨延玉一死，辽将便来围攻杨业。杨业苦战了几天，虽然人困马乏，却是金刀有力，刀光过处，辽兵非死即伤。

24. 杨业虽是勇武，怎奈辽兵众多，无力抵挡，战到最后，他身上受伤数十处，马也伤重不能再进。杨业没奈何，只能避入山林，暂作休息。

25. 辽将耶律奚底望见林中袍影，发箭射去，杨业坠下马来，被萧挞览擒住。

26. 杨业被擒前，手下尚有百余人，杨业对他们说："你们都有父母妻儿，与我一同战死毫无益处，还是速速离去，还可禀报天子。"部下兵将被敌包围，都不肯降，一齐苦战至死。

27. 辽军捉了杨业回营，对他倍加优待，劝说他投降。杨业道："皇上待我甚厚，本想讨贼捍边，以报答皇恩，今被奸臣逼迫，致兵败被擒，我还有什么面目活在世上呢？"他绝食三日，壮烈殉国。

28. 杨业一死，云、应、朔三州及各城将吏一齐弃城逃走。耶律斜轸长
驱直入，重新占领了这些地方。

29. 杨延昭快马驰至代州，见了潘美，说了经过。潘美仍不肯发兵。待知道他父亲兄弟都死了，才把杨业死讯奏报朝廷。

30. 宋太宗得到奏报，对杨业之死深为痛悼。潘美因贻误军机，坐失良将，被贬官三级，王侁则被削职，发配金州。

段韶居高击下破周军

编文：甘礼乐 刘辉良

绘画：陈运星 唐淑芳
　　　罗培源 陈奇华

原　文　　高陵勿向，背丘勿逆。

译　文　　敌军占领山地不要仰攻，敌军背靠高地不要正面迎击。

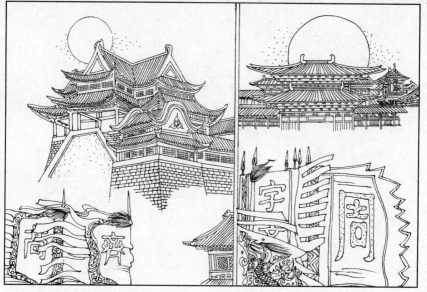

1. 南北朝时期，东魏武定八年（公元550年），高洋取代东魏称帝，国号齐，史称北齐。公元557年，宇文觉取代西魏称帝，国号周，史称北周。北周和北齐仍是连年争战。

2. 北周两传至宇文邕，曾和突厥连兵侵齐。北周保定三年（公元563年），宇文邕又召公卿会议，群臣请发十万雄兵再伐北齐，柱国杨忠却说兵不在多，只要发精骑万人已足。

3. 宇文邕便命杨忠为帅，率领一万步骑从北路出发；又派大将军达奚武统兵三万从南路进军。相约在齐地晋阳（今山西太原西南）会师。一面联络突厥，共同出兵。

4. 杨忠接连攻下北齐二十余城，攻破陉岭要隘（今山西代县西北），兵威大震。突厥的木杆、地头、步离三可汗，率十万骑兵前来会合，两军并进。

5. 西邻来犯，齐境警报频传。齐王高湛虽沉湎酒色，也不能不被惊起，亲督内外兵众，从京都邺城（今河北临漳西南）急赴晋阳。

6. 时值隆冬十二月，连日大雪，千山皆白。齐王冒雪兼程，来到晋阳，遂命司空斛律光率步骑三万驻屯平阳（今山西临汾西南），防守南路以拒北周达奚武军。

7. 北周杨忠及突厥三可汗，一起挥兵直逼晋阳城下。齐主高湛登城遥望，见敌兵鱼贯而至，势如潮涌，不禁脸色大变道："这般强敌，如何抵御！"

8. 说着赶紧下城，带着宫眷想要远遁。赵郡王高叡、河间王高孝琬拦马谏阻，方才停留。

9. 孝琬请求委派高叡负责布防，必须号令严明。齐主就命高叡节制各军，并由并州刺史段韶总掌军务。段韶是北齐皇亲，颇有军事才能。

10. 齐、周双方，相持过年，正月初，齐主登北城，军容甚整。突厥木杆可汗见了，面有惧色，责怪周人道："你说齐人乱弱，不难攻灭，所以会师讨伐。今日看来，并非如此。可见你周人惯出谎言！"

11. 周人不服，用步兵为前锋，进至离城二里的西山下，向齐挑战。齐将都要迎击，段韶不许，面嘱众将道："步兵的冲击力量本来就有限，如今积雪甚厚，不便迎战，不如严阵以待，以逸待劳，伺机而动。"

12. 说着，传下命令："不得妄动，待中军扬旗击鼓，才准出击。违令者立斩！"各军于是严守阵地。

13. 齐军坚守不出，周军无从交战，斗志渐渐松懈。突然，齐兵阵内红旗高扬，战鼓动地。周军猝不及防，齐兵已经冲到。

48

14. 周军抵挡不住，纷纷倒退。杨忠遏止不住，指望突厥兵上来助战。可是突厥木杆可汗却将步众引上西山，专顾自保，不管周军死活。

15. 周兵孤军失援，顿时大溃，奔回关中。突厥三可汗也从山后引退，领军出塞，一路放纵士兵大肆掳掠，晋阳西北七百里，人畜不留。

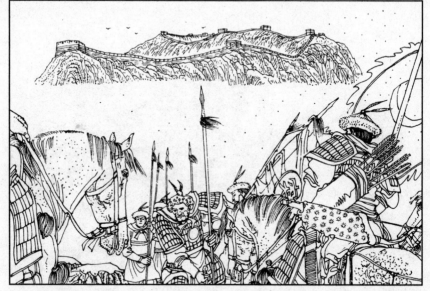

16. 段韶始终持重，不予追击。突厥兵经陡岭，山谷冻滑，只好铺毡行军。胡马寒瘦，腿毛尽脱，将到长城时，马死将尽，兵士多截矛作杖，扶杖返回西北。

17. 周将达奚武在平阳，未知杨忠败回。齐司空斛律光故意写信讥嘲他说："鸿鹄已翔于寥廓，罗者犹视于沮泽。"意思是：大鸟早已高飞，撒网人还空守草泽之间！

18. 达奚武读信，料知杨忠已败，当天引兵而归。半路齐兵追上，达奚武且战且走，好容易才得脱身，已丧失二千多人。

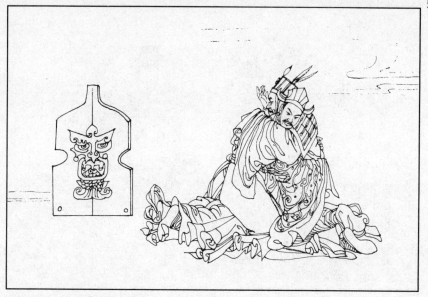

19. 斛律光奏凯回晋阳，齐主高湛因新挫大敌，喜极生悲，抱住他的头大哭。斛律光不知所措。

20. 随即颁赏有功将士，进赵郡王高叡为"录尚书事"（相当于宰相），斛律光为司徒，段韶为太师。斛律光因段韶只是远远追踪突厥，好似送他们出塞一般，便笑称段韶是送女出塞的"段婆"。段韶毫不见怪。

21. 周人攻晋阳未能成功，于保定四年六月谋与突厥再伐北齐。齐主高湛有意暂停干戈，把三十多年前流落齐境的周皇姑以及晋公宇文护之母阎氏，送归周主，以求通好。

56

22. 宇文护得母，本想与北齐互结和约。偏偏突厥木杆可汗已经调集人马，再三遣使催促如约举兵。周主唯恐负约招致突厥翻脸寇边，答应共同出兵征齐。

23. 初冬十月，周主宇文邕命宇文护征召六柱国、十二大将军各路兵马二十万伐齐。周主授给宇文护斧钺专征之器，还亲自到沙苑营中劳军。

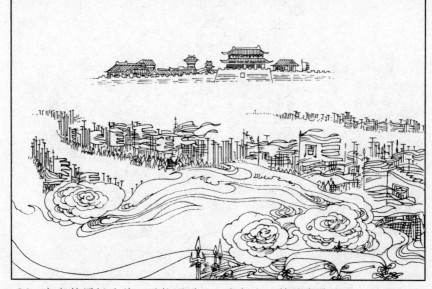

24. 宇文护军抵潼关，派柱国尉迟迥率领十万精兵急攻洛阳。尉迟迥于十一月初进围洛阳，另有宇文宪、达奚武、王雄等驻军邙山（在今河南西部），成包抄之势。

25. 周军筑土山、挖地道，千方百计进攻洛阳，历时三十天未能攻下。宇文护下令截断河阳（今河南孟县西南）道路，阻止北齐救兵。

26. 齐主高湛调遣兰陵王高长恭、大将军斛律光往救洛阳。两部行近洛阳，探知周军势盛，不敢推进。高湛召来段韶问道："洛阳危急，拟再派精兵救援；但突厥犯北，也须守御。卿意如何？"

27. 段韶答道："突厥犯北事小，西邻窥逼乃腹心大病。臣愿奉诏南行，与周军一决胜负。"齐主喜道："朕意亦是如此。"便令段韶督精骑一千先行，自领大军在后接应。

28. 段韶从晋阳启程急进，渡过黄河南下。由于连日阴雾，周军无从探悉，北齐千骑悄然移近洛阳城外，竟得以避开周军耳目。在段韶亲自率领下，帐下三百骑与诸将随同登上邙山高坡，窥察周阵形势。

29. 周军宇文宪、达奚武、王雄诸部，在邙山脚下背丘而立。段韶看在眼里，记在心头。一行进至太和谷，与周军相遇，段韶即令驰告高长恭、斛律光各营，会师对敌。

30. 各营立即应召。段韶引兵登上邙山，自为左军，斛律光为右军，高长恭为中军，整甲以待。周人全没想到齐兵来得如此之快，望见对方阵势严整，十分吃惊。

31. 两军对阵，段韶指责周人道："你宇文护方得母归，为何突然又来入寇？"周人无言可答，只能强词夺理道："天遣我来，何必多问。"

32. 段韶怒道："天道赏善罚恶，当是让你等前来送死！"说罢挥师从
山上压下，却只是虚张声势，佯作进攻。

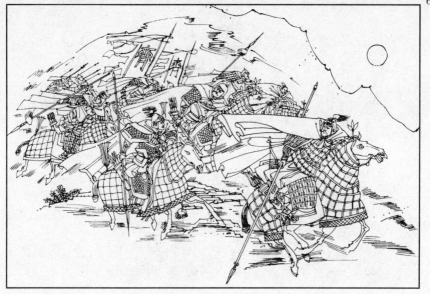

33. 周军前队统是步卒，争先恐后上山来战齐兵。段韶假意招架一阵，带着部众拨转马头回身便走，周军哪里肯放，紧随马后追来。

34. 段韶把敌人引入深谷，才命各军下马，回头奋击。周人这回犯了兵法所谓"高陵勿向"的大忌，一路仰攻，处于不利地位；段韶却按"背丘勿逆"的用兵之道，避免正面迎敌，诱周军深入。

35. 周军追得疲惫，锐气渐衰；齐兵居高临下，势如破竹。周军败退，霎时瓦解，士众或坠深崖，或投溪谷，死伤无数。

36. 齐兰陵王高长恭领五百骑士突入周军，直冲到洛阳城下围栅前，仰呼城上。北齐守将不知是谁，当他除去头盔露出脸面，才认出他是兰陵王，便缒下弓弩手数百名，前来接应。

37. 周将尉迟迥见前军大败，无心恋战，撤围而逃，一路丢弃营幕甲仗，自邙山至谷水三十里间狼藉满地。

38. 只有宇文宪、达奚武、王雄数部周军，仍在勒兵拒战。王雄驰马挺槊冲入斛律光阵中，斛律光见他来势凶猛，急趋阵后落荒窜去，身边只剩一箭，随行只有一卒。

39. 王雄紧紧追来，相距不过数丈，用槊指着斛律光道："我饶你不杀，活捉你去见天子！"话音未落，斛律光返身一箭射去，深入王雄额中。

40. 王雄伏马回奔，当夜死在营中。宇文宪督励其余官兵明日再战，达奚武对他悄语道："洛阳军散，人情震恐，若不趁夜退兵，明天就欲归不能了！"

41. 宇文宪尚在迟疑，达奚武又说："我在军中日久，知道艰难；你年纪轻，经历过的事不多，岂可把数营士卒推向虎口？"宇文宪这才依议，密令各营连夜启程，向西奔还。

42. 待齐主高湛兵抵洛阳，早已是狼烟净扫，洛水无尘；更兼北方边
报，突厥也已退军。高湛很是欣慰，进段韶为太宰，斛律光为太尉，高
长恭为尚书令，余将一一论功行赏。

战 例 **郭子仪佯败击叛军**

编文：姚　瑶

绘画：陈运星　唐淑芳
　　　阎显花　张　辉

原　文　佯北勿从。

译　文　敌军假装败退不要跟踪追击。

1. 唐肃宗至德二年（公元757年），唐皇李亨任长子广平王李俶为元帅，郭子仪为副帅，率兵十五万，在回纥骑兵的协助下，击败安（禄山）、史（思明）叛军，收复"二京"（长安、洛阳）。

大正明光

2. 叛军纷纷北逃，先至范阳（今北京附近一带）的残部被史思明收编。安庆绪杀父安禄山篡位后，唯恐史思明反叛归唐，派亲信阿史那承庆、安守忠前往征调军队，并嘱咐二将：见机除掉史思明。

3. 史思明听从裨将乌承玭等人的劝说，扣留了安庆绪派来的二将，率所属十三郡、八万兵马，以及据守大同的高秀岩部，归降唐朝。

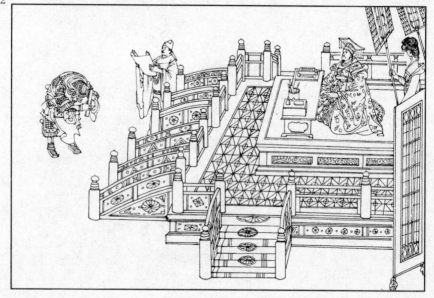

4. 唐肃宗十分欣喜，封史思明为归义王，仍兼范阳节度使，命其率所属军队讨伐安庆绪。

5. 唐肃宗乾元元年（公元758年）六月，大将李光弼认为史思明"因乱窃位，狡猾多诈"，终当叛乱，奏请唐肃宗分化史军。

6. 肃宗依计，任史思明的亲信乌承恩为范阳节度副使，让乌承恩相机行事。

7. 乌承恩联络阿史那承庆，密谋除掉史思明。但计划败露，史思明杀掉乌承恩，再次反唐。

8. 此时，唐肃宗正全力讨伐安庆绪，对史思明采取暂时安抚羁縻的策略。九月，李亨命郭子仪等七个节度使讨伐安庆绪，又命李光弼等二节度使协助，共讨叛军。

9. 郭子仪率本部兵马先行，从杏园（今河南汲县东南）渡黄河奔袭获嘉
（今河南获嘉），击败安军安太清部，歼敌四千五百人。

10. 安太清败逃，退入卫州（今河南汲县）。郭子仪率军攻卫州。此时，其他各节度使亦率军相继渡河，与郭子仪部会合，围攻卫州。

11. 安庆绪接到安太清的求援急报，认为自己尚有七郡六十余城的根据地，兵锐甲坚，资粮富足，可与唐军一争高低。于是尽发邺城（今河南安阳）精兵救援卫州。

12. 安庆绪率兵七万，分三军。崔乾祐率上军，田承嗣率下军，自己率中军，急赴卫州。

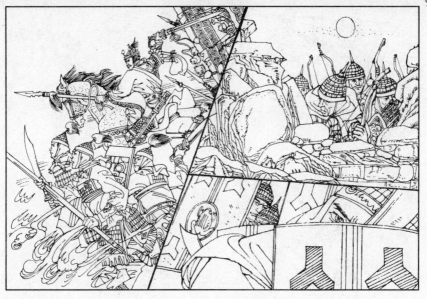

13. 郭子仪得悉安军蜂拥而来，派三千强弓手埋伏在垒垣内，自己领兵出战。

14. 两军正面交锋不久，郭子仪佯败退军。安庆绪为报二京兵败之仇，挥三军急追。

15. 郭子仪将安军引至垒下，突然伏兵四起，箭如雨注，安军大败。

16. 郭子仪乘势率军追击，安军奔逃不及者，死伤甚多；安庆绪的兄弟安庆和中箭堕马，被唐军擒杀。

17. 卫州城内的叛军见援军大败，顿失斗志。唐军攻克卫州。

18. 郭子仪率军紧追安庆绪不舍，至邺城西的愁思冈追上叛军，再战，安军又败。这次战争，唐军前后共歼叛军三万余人，俘虏千人。安庆绪叛军自此一蹶不振。